ANFITRITE

VENDICATA

Monica Pagliaro

ROMANZO BREVE

~ 2 ~

A tutte le volte che ho pensato di non farcela

Non è facile essere fratelli di un dio migliore. Suo fratello gli avrà donato anche tutto ciò che si può desiderare: il dominio su un elemento; ma il dominio su un elemento solo vuol dire anche infecondità. Sterilità. Il suo elemento è l'acqua: il principio della vita per antonomasia. Ma senza la terra, senza un elemento modellante, senza qualcosa che la contenga, l'acqua rimane vita inespressa. La sua scintilla divina, il suo potenziale, la sua progenie celeste non potrebbe mai continuare se non disobbedisse costantemente a suo fratello, il padre degli dèi.

Non era mai venuto meno, prima, ai suoi doveri, Poseidone, né ha mai tramato contro la sua stessa famiglia, contro la sua stessa stirpe. Eppure, forse proprio per questo, è stato messo a tacere, è stato reso il padrone degli abissi più profondi, per lasciare il dominio della vita alla luce del sole a un governo altrui. Ed è per questo che le sue forti, oscure e nerborute membra quasi mai vedono i raggi vitali di Apollo. È per questo che la sua carne divina si è dovuta suo malgrado trasformare in sostanza marina. È per questo, infine, che i suoi neri capelli e la barba color dell'ebano hanno irreparabilmente assunto le sfumature blu degli oceani più profondi e sconfinati.

Non aveva mai goduto, Poseidone, delle libertà tipiche che sempre si concedeva suo fratello. Né una moglie, né un'amante, né una schiava avevano ancora mai condiviso il suo regale giaciglio marino. Il padrone e sovrano di tutte le acque del mondo continuava a vivere nella sterilità.

Anfitrite non era la più bella, né la più potente. Non era la più forte, la più sana, e non era quella più ammirata da uomini ed eroi. Eppure doveva essere la prima, per permettere a questo dio minore di uscire dall'impasse che si era creato da solo tramite la sua vergogna e il senso d'inferiorità. Dapprima, Anfitrite si rifiutò di unirsi a lui, ma Poseidone avrebbe rivoltato i mari, il mondo e l'universo pur di farla sua. Lei no, lei non poteva sfuggirgli: aveva deciso in cuor suo che era debole abbastanza da non rendersi conto delle fragilità di lui, e solo così poteva cominciare la sua serie di vittorie che avrebbero potuto portare al suo riscatto finale.

Quando riportò la dolce figlia di Nereo nella sua dimora, dove lui aveva deciso dovesse appartenere, concepì con lei subito il futuro Tritone, depositandole in grembo la vita e mettendo fine a quella di lei, sopprimendo per sempre qualsiasi sua volontà.

Con un sospiro più simile a un grugnito, posò il pennello nell'acqua ragia. Diede un ultimo sguardo alla tela dipinta togliendo un grumo di colore con il pollice, e poi uscì dalla stanza chiudendosi la porta piano alle spalle, lasciando Anfitrite al suo buio destino.

1

Gaia

La cosa più sorprendente di quell'uomo non era la sua particolarità, poiché risultava piuttosto nella norma in tutto, bensì il modo disinvolto in cui portava in giro il suo corpo sul treno, ignaro o indifferente che qualcuno lo stesse osservando più attentamente rispetto a uno sguardo fugace. Cominciai a fare congetture su di lui, come faccio spesso con le persone interessanti, e inventai la sua storia. Che ci faceva su quel treno? Io sapevo bene che ci facevo, parcheggiata da anni all'università, in una facoltà che mi rigettava e in una città che mi distraeva. Lo guardai di nuovo: studiai i gesti, gli abiti, le espressioni, e cercai d'indovinare quale fosse la sua professione e forse lo scopo del suo viaggio. Di sicuro, una volta arrivato, si sarebbe dovuto recare in un ufficio, perché la sua ventiquattrore e il suo pantalone beige leggero con la giacca coordinata me lo suggerivano, e la camicia del colore più bello del mondo me lo confermava. Era tra l'indaco e il pervinca, forte, deciso e intenso, ed era un gradevole richiamo cromatico in quell'ambiente asettico creato dal marrone della tappezzeria del treno e dal grigiore degli altri passeggeri. In realtà credo che quella precisa tinta, così come chi la indossava, sarebbero stati in grado di attirare la mia attenzione anche in una caotica orgia di colori. O magari, era un professore. Poteva essere, io di cotte per i professori ne prendevo un giorno sì e l'altro pure. Di tutte le fogge e di tutte le età. Sta a vedere che forse era il sapere che mi eccitava, quel benedetto sapere che proprio non voleva ficcarmisi in testa in modo da farmi laureare.

Occupava il posto di fronte a me, ma dal lato esterno, non vicino al finestrino, quindi riuscivo solo a spiare con l'occhio sinistro le espressioni del suo viso. Per tutto il periodo prima della partenza, rimasi a fissarlo mentre parlava al telefono e mentre sfogliava senza guardarla una rivista culturale di quelle che settimanalmente sono in omaggio coi quotidiani. Dopodiché aspettò con calma che il treno partisse, e la calma non era apparente, perché appoggiò le mani ai braccioli del sedile e non si mosse per tutto il tempo rimanente, e neanche le gambe e i piedi si muovevano, come a tutti fanno invece di solito per l'impazienza. In quello stesso lasso di tempo, il libro che stavo leggendo era rimasto aperto alla stessa pagina in cui l'avevo iniziato; la mia mente era assorbita dalla storia immaginaria del mio sconosciuto in indaco-pervinca.

Le mani. Erano assolutamente le sue mani ciò che mi avevano attirato. Il suo modo di riporre la borsa del portatile, di togliersi la giaccia autunnale di cotone e posarla sulla borsa che si trovava sul sedile accanto. Le sue mani che piegavano la giacca e la posavano delicatamente, e il modo in cui avevano alzato i pantaloni tirandoli leggermente all'altezza delle cosce prima di sedersi, come solo gli uomini sanno fare. Okay, forse questa è una stupidaggine, ma di sicuro gli uomini lo sanno fare meglio, e ciò ad ogni modo aiuta a non strappare i pantaloni. E a mettere in evidenza il cavallo, gran vantaggio per l'osservatore, quando nel cavallo c'è qualcosa. Sì, indubbiamente erano le mani. Mi sforzai di focalizzarmici: belle lo erano davvero, una paio di mani che tradivano circa vent'anni ciascuna, il che ammontava a una quarantina d'anni in tutto per il suo padrone; il dorso era pallido e lasciava intravedere tutte le vene che conducevano al polso. Dita abbastanza lunghe e affusolate, ma non troppo, e comunque magre, con la carne e la pelle che circondavano perfettamente falangi, falangine e falangette e si accomodavano sulle nocche, più generosamente larghe. La pecca più grande dell'anulare sinistro era un sottile cerchio d'oro che giaceva lì, quasi come se quello fosse davvero il suo posto, come se fosse suo diritto. Maledetta la superbia di quei dannati cerchietti d'oro. E maledette le braccia conserte che mi nascondevano quelle mani. Un'espressione tra il curioso e l'accigliato mi avvisò che ero stata scoperta mentre spiavo degli innocenti comportamenti privati e di routine. Be', sì okay, se proprio ci tieni distolgo lo sguardo, ma comunque ti trovi nel vagone di un treno: *zero privacy nei vagoni dei treni, sappilo, amico mio!*

Aveva incrociato le braccia apposta per rimproverarmi, quindi una volta che mi fui girata si rilassò, guardò fuori dal finestrino e le sue braccia tornarono aperte, comode, appoggiate sulle cosce, mentre si perdeva nei suoi pensieri. Volevo guardarlo in viso per confermare la sua età, ma non potevo sopportare per la seconda volta il suo sguardo di rimprovero e di disappunto: mi girai verso il finestrino opposto, e il riflesso della sera, dato che fuori era già buio, mi aiutò. La barba era di qualche giorno, e anche attraverso il riflesso potevo vedere che qualche pelo prematuramente bianco qua e là, ma non era tanto folta da nascondere i lineamenti del viso, che come pensavo non era quello di un ragazzotto: avrebbe stonato con le mani. Quando si girò dal lato giusto, vidi il naso troppo aquilino, un naso davvero poco perfetto, grazie a dio. Le asimmetrie del viso erano totalmente bilanciate dalle asimmetrie del taglio di capelli, e questo era fatto apposta, lo so: era troppo falsamente imperfetto per essere naturale.

Questa sua attitudine riflessiva mi lasciava troppo spazio per pensare, sarebbe stato meglio se fosse stato pieno di tic e comportamenti compulsivi, come spesso lo sono i pendolari. I suoi occhi persi al di là del vetro, nelle luci della sera, il suo sguardo calmo e contemplativo, mi affascinavano e allo stesso tempo mi infastidivano. Feci partire un accavallamento di gambe, che accidentalmente sfiorarono una delle sue in modo non troppo gentile. "Mi scusi!"

"Non si preoccupi, non è niente." Una frase di circostanza, un sorriso fatto con le pinze, gli occhi che contraddicevano le parole. *Stai attenta, stronza, credi di essere da sola nel treno?!*

Finalmente un segno dell'anormalità tipica dei viaggiatori. *Ti ho fatto girare, per la seconda volta, ma stavolta di proposito, non mi hai colto in fallo. Ti coglierò io il fallo, semmai.*

Poi vedremo chi riderà. Ma dopo il finto sorriso e le finte rassicurazioni, si girò, e non mi calcolò più. *Ti sono così indifferente che non hai di meglio da fare durante il viaggio che fissare il nulla e rilassarti, senza concentrarti su niente? Ti avevo sopravvalutato davvero, caro amico quasi non più giovane.*

Dagli uomini non sai mai cosa aspettarti: sono giovani e non li domi, sono insopportabili, sono adulti e gli diventi indifferente. E stupida io che pensavo di aver ragione: si avvicinò una donna, una donna adulta, anche lei quasi non più giovane, probabilmente un avvocato a giudicare dal modo in cui era vestita, e si sedette proprio di fronte al mio nuovo amico, con uno sguardo a trentadue denti così brillanti che sembravano almeno sessantaquattro. Si fece notare di proposito, con la sua scollatura ingombrante, e per sedersi lo costrinse a ritirare le gambe che aveva steso sotto il sediolino di fronte.

"Mi scusi", disse platealmente l'avvocata super truccata e con le labbra indubitabilmente rifatte.

"Di niente, si figuri!" rispose il *mio amico*, scendendo con uno sguardo furtivo verso l'incavo dei seni, e poi distogliendo subito lo sguardo. Io, invece, non distoglievo il mio da lui, incerta se lui l'avesse capito o meno. La temperatura in quel vagone stava cominciando a salire in maniera vertiginosa, per il *mio amico* forse a causa dei seni della donna canotto, ma per me, personalmente, era perché avevo notato che il cavallo dei pantaloni beige era più teso di prima. Ero infastidita dall'essermi accorta di quel principio di erezione, forse involontaria, dell'uomo che io per prima avevo cominciato a spiare. Soprattutto, perché non era per me che stava avvenendo. Forse passai un po' troppi secondi con gli occhi sulla patta, perché ritrovai il suo sguardo appuntito nei miei occhi, e mi fulminò. Proprio in quel momento, il treno entrò nell'ultima galleria che c'era prima della stazione, e nel vagone scese il buio totale, perché ovviamente l'illuminazione della carrozza era rotta.

"Cosa ne sai che non è per te?" sentii chiaramente una voce bisbigliare al mio

orecchio, nitida. Mi girai di scatto verso la mia sinistra, ma in quell'attimo il treno uscì dalla galleria, e vidi che non c'era nessun altro oltre alla signora canotto. Il *mio amico* era sparito, e io ero rimasta pietrificata al mio posto, incapace di affacciarmi nel corridoio per vedere che fine avesse fatto.

2

Alia

Nell'autobus, le strade sconnesse scivolavano sotto il mio sguardo stanco, in questa città dai mille volti. Anche oggi, come tutti gli altri giorni ero stanca di tutta la giornata del cazzo, dell'università e del lavoro (in nero) e non vedevo l'ora di tornare a casa tra quelle quattro mura umide per farmi una doccia, mangiare un hamburger ordinato al volo e buttarmi a letto, come morta. Invece, incontrai Gaia al bar sul lungomare, per un caffè, perché aveva detto che doveva parlarmi di una cosa che non poteva assolutamente aspettare.

"Amoreee!"

Così mi salutò, come suo solito.

Mi raccontò per filo e per segno tutto quello che era successo con uno sconosciuto sul treno, e in realtà neppure mi interessava, anzi pensavo che si fosse imbattuta proprio in un bel pezzo di merda di maniaco, visto che si faceva venire a cuor leggero sui treni erezioni estemporanee nei pantaloni di cotone e andava sussurrando all'orecchio di sconosciute. Non mi disse le cose importanti, però. Ad esempio, che era il terzo esame che fingeva di fare.

3

Adoro il mare. Ogni suo odore, ogni suo olezzo. Adoro anche il sale che disegna quegli impietosi riflessi sulla superficie dell'acqua, diventando doppiamente fatale per le pelli non avvezze a quell'arsura. Adoro la salsedine che si ferma tra i miei lunghi capelli ricci, ed anche l'aria riarsa, ma asciutta e gentile, che mi leviga giorno dopo giorno quando esco al largo. Lui no, però. Lui non può. La sua pelle è così chiara. Virile, ma che pare assumere una certa trasparenza, se lasciata per un certo tempo al sole. E allora comincia a rendersi visibile ogni vena, ogni cosa sotto la sua pelle. Una trasparenza impietosa, come di uno strano gasteropode.

La prima volta che è arrivato al porto, fu come se avessi visto un delfino tra i gabbiani. Trovo entrambi degli animali così graziosi, ma il punto era che una fiera creatura degli abissi nuotava, arrancando, nella casa delle creature per le quali il porto era l'elemento naturale. Tra noi gabbiani strepitanti, sebbene intenti a faccende completamente estranee, ignari di tutto, lui lottava e si dibatteva, fuori dal suo elemento e senza punti di riferimento. E per noi creature di porto il suo contegno sofferente e orgoglioso altro non era che un goffo, disperato tentativo di dissimulare il disagio.

In questo modo, con questo aspetto, mi si era presentato quel giorno di agosto al botteghino del porto. Il sole infuriato di mezzogiorno gli copriva di riflessi violacei i capelli, il corpo, e quell'irritata trasparenza della pelle lo illuminava di sfumature cangianti, che rendevano esposte all'esterno le vene e la carne.

"Leggo che noleggiate imbarcazioni." Disse alla fine.

"Buongiorno. Sì, certo: effettuiamo gite di gruppo, o proponiamo itinerari privati e personalizzabili" gli risposi col mio sorriso migliore.

***

C.P.

Ovviamente mi ero diretto verso il botteghino dell'impiegata più giovane, in cerca d'ombra. Odio questo tipo di calore. Quello che si trova nei porti, accanto al mare, in piena estate. Sono stato in abbastanza porti, ormai, da esserne sicuro. La furia incontrollata del sole di agosto, della salsedine, mi fa ribollire e mi annulla. Perdo consistenza, evaporo. Una fiamma mi corrode piano piano dall'interno. O è lo sguardo fisso dell'impiegata. Scura, scarna, la pelle e i lunghi ricci biondi che sembrano abbrustoliti al sole. Anche gli occhi devono essere appena usciti da un forno rovente, perché hanno lo stesso colore. La sua intera persona sembra irradiare luce e calore, e ho la sensazione che se mi avvicinassi troppo, la mia pelle si disintegrerebbe. Sembrava una creatura marina, eppure era ben lontana da quello che nel mio immaginario poteva essere una sirena. Era uno strano esemplare, non saprei definirla diversamente da "creatura di porto". Niente, nel suo aspetto, era stato risparmiato dalla salsedine, e questo la faceva sembrare simile al legno di castagno affumicato. Ero lì da troppo perché non si accorgesse di me, quindi mi avvicinai senza capire se fosse davvero il caldo, ormai, a farmi bruciare e avvampare la base del collo, e tutta la testa.

"Leggo che noleggiate imbarcazioni."

"Buongiorno. Sì, certo: effettuiamo gite di gruppo, o proponiamo itinerari privati e personalizzabili" A quel punto mi mancarono le parole. In realtà, mi mancarono i pensieri. Non stavo pensando assolutamente a niente, perciò non sapevo che dire, che rispondere.

"Ehm… escursioni." Riuscii a dire alla fine

"Escursioni? Vuole prenotare un'escursione in barca, allora?"

"Sì… sì, in barca. Privata", riuscii a dire, guardando al volo una delle locandine.

Il sole cominciava a picchiarmi in testa, e il sangue a pulsarmi nelle tempie, e in tutto il corpo. Avrei voluto tuffarmi dal molo.

"La preferisce con timoniere o ha la patente nautica, signore?" mi chiese, spiazzandomi di nuovo.

"In realtà sì, ho la patente…" dissi, come se me ne fossi appena ricordato. "Tuttavia, se il timoniere dovesse per caso essere lei, sceglierei la prima opzione." Le parole mi uscirono così, senza pensare, il caldo asfissiante e salato mi aveva dato alla testa. Lei sorrise, un sorriso davvero bello, gliel'avrei dipinto. Cercai di fare una foto mentale.

"Non sono un timoniere, mi dispiace, sono a malapena una receptionist" mi rispose alla fine, sempre sorridendo e guardandomi dritto negli occhi. Mi sembravano gialli, cristo santo.

Le mostrai la patente, pagai in anticipo, presi la ricevuta, e ascoltai le indicazioni su dove mi sarei dovuto recare il giorno dopo per prendere la barca, cercando di non sorriderle più come un babbeo. La guardai ancora per un paio di secondi, poi feci per andarmene.

"Questo non vuol dire che non posso essere un'ospite, in barca..." disse alle mie spalle per provocarmi, ma senza troppa convinzione nella voce. *Lei, sottocoperta nella mia barca a noleggio.* L'immagine mi fece quasi tremare le ginocchia per l'anticipazione della sensazione.

Annuii con la testa, sempre camminando, e girandomi appena per farle un mezzo sorriso, sperando abboccasse.

4

"...anche stavolta la vittima è stata ritrovata nuda e con gli arti legati, completamente truccata in viso. L'autopsia ha tuttavia rivelato che non c'erano segni di violenza sessuale, come pure nei due precedenti casi simili. I funerali si svolgeranno..."

Così recitava la voce proveniente da qualche tv a volume esagerato che si sentiva attraverso uno dei balconi. Ogni volta lo stesso resoconto, ogni volta i dettagli, morbosi e insistenti, sui cadaveri delle vittime del *Pittore*, così l'avevano chiamato. In realtà, tele dipinte non ne avevano mai trovate, ma ognuna delle vittime aveva segni di colori a olio, addosso.

Dovrebbero evitare di parlarne sempre, però.

A questo pensavo, mentre tornavo a casa in via dei Tribunali…*casa*. Che parolone. Nella mia, nostra tana. Viviamo ai limiti della decenza in un posto che non ci appartiene, esiliati dalla nostra cittadina di provincia, eppure non ancora accolti nella grande metropoli. Viviamo lì, così, come topini bagnati che si stringono insieme per sentirsi al caldo, studiando e risparmiando e qualche volta facendo finta di divertirsi. Entrai nel cortile del vecchissimo palazzo che ospita il mio appartamento e salii a piedi i due piani dello scalone esterno centrale: nel palazzo non batte mai il sole, e sembra lontano persino dalle stradine colorate e brulicanti di vita dei vicoletti del centro storico. Misi la chiave nella serratura e mentre la giravo cercai di buttarmi alle spalle la stanchezza della giornata di lavoro sotto al sole e il turbamento dei sensi che mi aveva lasciato tale *Christos Petrou*, giù al porto. Aveva noleggiato la barca per i due giorni successivi e alla fine mi aveva invitata ad andare... cioè, mi ero fatta invitare, insomma. *Che troia.*

Ma la vuoi smettere con questi giudizi del cazzo? Allora una non può flirtare liberamente con chi gli pare?

Trovai Ludovico seduto al tavolo del corridoio, che studiava. *Casa nostra* ha un'entrata-corridoio, due camere doppie, una cucina e qualcosa che somiglia a un bagno, separato dalla cucina da una parete che credo sia di cartongesso. Ma, tant'è…siamo senza un contratto d'affitto, e paghiamo meno di duecento euro a testa; studenti universitari e dottorandi: i profughi della cultura.

"Lo scarico non funziona!" mi avvisò Ludovico.

Risposi con un'alzata di spalle distratta: "Che novità!"

Mentre posavo le mie cose mi accorsi, senza guardarlo, che mi stava osservando.

Ludovico: non mi ricordo più quando ha smesso di essere il nostro (di Gaia e mio) amicone alto e un po' goffo, e ha iniziato ad essere carne vera; non ricordo più quando le stesse membra a noi familiari hanno cominciato ad essere quelle di un uomo, in grado di tenerci a distanza e di non farci scherzare più fisicamente con la stessa disinvoltura di quando giocavamo tutti a scuola o al mare. C'era qualcosa di fortemente imbarazzante ed attraente nel modo in cui l'infanzia aveva lasciato dei labili segni sul suo viso, che nel tempo si erano mischiati, sbiadendo, con i tratti di un viso traviato dallo scorrere del tempo e dalla virilità stessa. La bocca da lepre, il naso all'insù, quell'aria vaga da monello e gli occhi svelti, tutto si era celato dietro una sottile ombra di barba che non andava mai via, anche quando si radeva completamente. La pelle incupita, di un colore più smorto, lo rendevano un bambino nel corpo di un uomo. E tale si sentiva, ne ero sicura, nonostante fosse nel pieno del suo vigore.

I miei pensieri li interruppe di nuovo lui, girandosi quasi con sforzo sulla sedia con quel corpo mastodontico che portava in giro: "Ascolta…" Mi girai, lui mi guardava fisso. Mi guardava e basta, non parlava. Mi stufai, e glielo feci capire a gesti, che doveva sbrigarsi a parlare. Alla fine disse: "Forse è meglio che vai da Gaia."

"Perché?"

Non rispose, tanto per cambiare.

Bussai alla porta della nostra stanza, perché sapevo che era dentro, ma non rispondeva, e quindi aprii. Trovai Gaia sul letto, prona, con la faccia affondata nel cuscino e le lacrime silenziose e copiose che quasi riuscivo a vedere che stava versando. Non succedeva spesso, così mi allarmai e cercai di capire cos'era successo, ma proprio non riuscivo. Nel frattempo le squillò il cellulare. Mi guardò, non aveva intenzione di rispondere. Presi io la chiamata:

"Pronto? Pronto? Ma chi parla?" Silenzio. Dall'altra parte nessuno, si sentiva solo un respiro: qualcuno c'era, ed era lì che ascoltava le mie parole, la mia voce, omettendo deliberatamente di rispondere.

Il pensiero che quel qualcuno stesse lì ad ascoltarmi mi fece incazzare, ma anche un po' paralizzare, mi metteva i brividi, e mi fece rimanere lì impalata, incapace di riattaccare. Rimasi in silenzio ad ascoltare il suo respiro. Riattaccai solo quando mi squillò il cellulare del lavoro. Era Teresa, del back office. Non mi andava molto di parlare, ma dovevo.

"*Bellé*, si' tu che hai fatto il noleggio privato stamattina, per i prossimi due giorni?"

Bellella, così mi chiamava Teresa.

"Sì, sì, sono stata io" risposi, mentre il sangue cominciava a circolarmi un pochino più veloce senza un perché.

"E niente, qua sopra alla pratica ho trovato un post-it che mi ricorda di avvisare la *biondina della reception* di non dimenticarsi del *servizio privato di ospitalità*. Tutt'a posto, sì?"

Rimasi un attimo interdetta. Quindi era vero? Dovevo andare in barca con tale *Christos Petrou*?

Guardai Gaia, ancora muta e un po' scossa in viso.

"Sì sì, non ti preoccupare Teré, è 'na strunzat', un flirt innocente!" tagliai corto, con una risatina che mi uscì un po' nervosa.

"Vabbuò, non mi preoccupo, ma dovevo dirtelo. *Statti bona*. E *statt' accòrt*, attenta a te!" esclamò, subito prima di riagganciare.

Guardai incredula e attonita il display del cellulare, poi guardai Gaia, ancora lì muta. Quasi mi ero dimenticata perché ero in camera con lei, e mi sentii in colpa, così l'abbracciai forte.

Alla fine fu Ludovico a raccontarmi tutto mentre preparavamo la cena: Gaia era stata molestata, nel pomeriggio, nell'atrio di un palazzo in una traversa di San Biagio dei Librai. Aveva subìto una violenza sessuale, e addosso aveva dei segni di bruciatura di sigaretta. Era già stata all'ospedale, era già stata in caserma dai carabinieri. Già tutto era stato fatto, grazie a Ludovico. Avevo un vortice dentro, ma riuscii solo a dire: "Potevi chiamarmi. ...voglio dire, chi è stato??" Ma mi guardò come per dire: 'se lo sapessimo…'! La nostra amica ci fece capire che non aveva voglia di parlare, così dopo cena accendemmo la tv e le tenni la testa sulle mie gambe; lei non diceva niente, quasi non la si sentiva respirare. Dopo un po' anche Ludovico si avvicinò al letto per guardare la tv con noi, ma io gli feci cenno di no: magari a Gaia avrebbe dato fastidio stare tutti ammassati come stavamo di solito, forse non aveva voglia di avere un contatto così stretto con un altro essere umano di sesso maschile per adesso, dopo oggi pomeriggio. Ma lui si sedette accanto a noi e mise le gambe stese di lei sulle sue. Lo trovai strano, per un attimo: un tipo come Ludovico, che la faceva pensare al sesso anche solo se si muoveva, anche solo se esisteva, come ci siamo dette più volte, avrebbe dovuto turbarla in una situazione come quella. Ma non lo fece. Lo trovai solo un po' strano, niente di più. Poi, ovviamente, mi diedi della bigotta e misi a tacere la testa, anche perché nella testa avevo tale *Christos Petrou*, con le sue vene blu delle braccia, che mi voleva sulla sua barca a noleggio.

Ludovico andò in bagno, poi il cellulare di Gaia squillò di nuovo. "Che vuoi?" dissi direttamente. Avevo visto sul display la chiamata anonima. Mi sembrò di sentire un rumore, come quello di un vocio proveniente da un programma tv, poi il silenzio. Rimasi ad ascoltare, ma la chiamata venne attaccata subito.

In tv ricominciarono con il tg speciale sulle donne ritrovate legate, morte a quanto pare per asfissia, ma senza nessun segno di violenza apparente

Ho sempre pensato che i giornali e la televisione sbaglino a esacerbare così tanto gli animi con quel tipo di notizie, ogni giorno, su qualunque canale, a qualunque ora. E ho sempre odiato i dettagli macabri di certi programmi in televisione e lo scavare nella vita intima delle vittime. E tuttavia non posso fare a meno anch'io di odiare anch'io il mostro responsabile di quelle morti. *Il* mostro. Eh sì, il più delle volte è sempre un uomo. Che odio. Anche e soprattutto per chi aveva fatto del male a Gaia: chiusi gli occhi e tentai di immaginare le sue grida mentre un uomo senza volto, che io vedevo sporco e maleodorante, abusava di lei e le faceva quelle bruciature di sigaretta. Quando riaprii gli occhi era già mattina, ma come se non avessi mai dormito ripresi il filo dei miei pensieri e mi chiesi com'era possibile che in tutto un palazzo, in tutta una strada, nessuno avesse sentito una ragazza urlare disperata.

"Mi faccio il caffè, lo vuoi?"

Era Ludovico. Andò verso la cucina, si girò e mi sorrise con gli occhi grandi, castani, e le lunghe ciglia folte. Sembrava tranquillo, non era turbato come me? Non condivideva i miei dubbi e le mie domande? Quando gli chiesi cosa avessero detto all'ospedale, lui mi guardò stranito, come se fossi pazza.

Gaia non parlava da un giorno e mezzo, e quando alla fine riuscii a mettere le mani sul referto dell'ospedale, lessi che "la parete vaginale arrossata e alcune ecchimosi erano compatibili con un rapporto sessuale di tipo violento". *Compatibili. Rapporto sessuale di tipo violento.* Ma come scrivevano? Ero incazzata con la loro ambiguità, addolorata per la mia amica, per la mia compagna di vita e di stanza, ma se chiudevo gli occhi anche solo per un secondo, e tentavo di figurarmi l'immagine di un uomo che violentava una donna con la forza, tenendo tranquillamente una sigaretta nell'altra mano, proprio non riuscivo. Mi sforzai di non pensarci. Intanto avevo le viscere in subbuglio: il caffè non riuscivo a mandarlo giù. Mi sembrava di avere una specie di febbre. "Dov'è adesso?" gli chiesi.

"Non lo so, è uscita."

"E dov'è andata?" risposi allarmata.

"Boh." Risponde facendo spallucce. Poi più niente. Mi guardò, poi lasciò il caffè sulla tavola e se ne andò. Ma io dovevo pur fare qualcosa, cercare di riparare a questo torto che mi sembrava essere stato commesso verso l'universo intero, verso una parte di me, di ciò che ero anch'io.

Squillò il telefono del lavoro, era sempre Teresa:

"Hai sentito, *bellé*?! Hanno acchiappato al bastardo che ha molestato all'amica tua, è nu barbone che gironzola sempre nei pressi dell'università!"

Cercai di riattaccare in fretta. Non avevo più voglia di parlare. Un barbone. Mi risultava così difficile. Chiusi gli occhi, e tentai di immaginare un barbone che abusava di Gaia nell'androne di un palazzo, con una sigaretta in mano. L'immagine non arrivava, maledetta me. Stavo male per lei e stavo ancora più male per tutti i dubbi che mi albergavano nel cervello.

Vagai imbambolata per le strade colorate e chiassose del centro storico, vicino casa, vicino all'università, cercando il barbone, che ovviamente non trovai. Quella parte di Napoli era in tumulto: c'era una manifestazione contro la violenza sulle donne, scatenata dall'ultimo caso che aveva visto proprio Gaia come vittima protagonista; le donne avevano paura, i genitori delle studentesse avevano paura, anche alcuni uomini non-padri avevano paura, pareva: uomini che amano le donne, forse. Magari. La rabbia generale era talmente densa che si riusciva a respirare nell'aria, e contagiò anche me, come un gas velenoso. Vagai senza sapere dove stavo andando, guardo le persone senza vederle, chiedendomi Gaia dove fosse, quando non so come mi ritrovai al porto, anche se avevo il giorno libero. Il battito mi si accelerò inconsapevolmente.

5

"Si può?" chiesi bussando, mentre scendevo sottocoperta nella *Beneteau* a vela che aveva noleggiato.

Si girò di scatto, sorpreso (ma non troppo), e forse anche abbastanza felice di vedermi. Richiuse i cassettoni e venne a salutarmi con due baci sulle guance, come se non fosse solo la seconda volta che ci vedevamo.

"Non credevo che saresti venuta…"

"…quindi, ho sbagliato a venire?" risposi esitante, mentre sicuramente un leggero rossore mi colorava il viso.

"Macché… vieni fuori, il sole ti dona" sentenziò lui mentre salivamo di nuovo sul ponte esterno.

"Usciamo al largo?" mi chiese. Annuii.

Mentre uscivamo dal porto, guardavo la città che si faceva più piccola mentre il vento mi scompigliava i capelli, ovviamente nella direzione opposta a quella desiderata.

"Che hai, *sconosciuta*?"

Mi voltai verso di lui, non capendo.

"Il tuo nome… non ci siamo ancora presentati" precisò.

"È vero" dissi, colpevole, "mi chiamo Alia, con l'accento sulla i."

Rimase un attimo interdetto, o almeno mi sembrò così. "Come Talia?" mi chiese poi.

"Si, ma è una ninfa diversa" risposi, leggermente offesa.

Nella mia mente ancora mi chiedevo cosa mi avesse spinta a uscire al largo con un perfetto sconosciuto, anche se aveva i soldi e anche se era bello. Non da togliere il fiato, eh, anche se a me un po' l'aveva tolto.

Mi rimproverai di nuovo, da sola. In fondo non era niente di diverso da un'uscita decisa su Tinder. Io almeno, col mio *maniaco*, ci avevo già parlato una volta.

"Non vuoi sapere come mi chiamo?" mi incalzò lui.

"Preferisco lasciare un alone di mistero…" giocai. Lui mi guardò incerto, dal timone. Poi sorrise alzando gli occhi al cielo, chiedendosi come avesse fatto a sfuggirgli una cosa simile.

"La ricevuta del noleggio" disse.

"Esatto, *Christos Petrou*" ribattei.

Si affrettò a dirmi che era greco solo di nome, perché la madre era italiana e lui era cresciuto a Salerno.

"Che ci fai qui?" lo interruppi, non so perché.

"Contratto all'università. Storia dell'arte" rispose, immediatamente. Feci un'espressione che doveva tradurre il mio 'azz' interiore, poi mi girai di nuovo verso Napoli.

"Sei una biondina, ma sei malinconica."

Che cazzo vuol dire, idiota, quello che hai detto?

Sorrise, rendendosi conto forse dal mio sguardo che aveva detto una stronzata colossale che, davvero, neanche quelli di Tinder dicono.

"Scusa, intendevo che ieri ho cercato di abbordarti perché mi sembravi una scopata facile, ma adesso credo ci sia di più..." disse, lasciando la frase in sospeso. Quelle parole mi fecero un po' effetto, ma non volevo farglielo capire.

"Wow. Romanticone" risposi solo. "Quindi non scopiamo?" chiesi, alzando un sopracciglio.

Lasciò il timone, avvicinandosi.

"Possiamo, sì, se è per quello che sei venuta" mi disse vicino alla bocca, poi si abbassò di scatto e io sussultai, ma voleva solo aprire il mini frigo portatile. Feci una mezza risatina, come una scema, mentre riempiva i bicchieri.

***

"E niente, è uno di quei giorni in cui mi ritrovo a pensare, pensare, e non combino più nulla, nonostante tutto quello che dovrei fare. Sto pensando alla mia amica, che ha deciso che per il momento non è il caso di farsi sentire da me, nonostante tutto. Anche se ho sempre un sorriso, una battuta, una parola dolce; un 'non ti preoccupare, si sistema'. Quando invece il vortice che si muove è il mio, il deserto di tutto quello che c'è intorno…" Stavo vaneggiando, perché anche se non volevo ammetterlo la vodka ormai mi aveva preso. Di brutto.

"Ma non è detto che qualcuno, per volerti, debba manifestarti la sua presenza, il suo pensiero. Perché, in fondo, è questo che vorremmo: sapere l'altrui pensiero, conoscere il momento in cui chi ci ama, o ci odia, ci chiama nei suoi pensieri."

Lo guardai, col bicchiere in mano, stupida e un po' intontita. Mi rispondeva sul serio.

"Certo" continuò, "perché è questo ciò che crea il nostro quotidiano, no? I nostri desideri inespressi, gli episodi di cui andiamo fieri o ci vergogniamo. Errori, incontri, incidenti, piaceri. In fila o in ordine sparso, li deprechiamo, elogiamo, desideriamo, ed è questo ciò che in fondo delinea il profilo della vita."

Mentre anche lui si perdeva in queste conversazioni, scorsi quel barlume d'intuizione attraverso uno squarcio della sottile pellicola della consapevolezza, quel passaggio in quella dimensione vasta e inconsistente che solo in brevi epifanie si può mostrare, quel mare dal sapore pungente da cui solo a piccoli sorsi si può bere.

Dio, com'ero ubriaca. Eppure sembrava filare, il discorso.

"Vorrei descrivere a parole questa sensazione che ogni tanto mi pervade, ma abbandono subito l'idea, e mi rincuora solo la convinzione che, lì fuori, anche altri vedono la stessa sensazione nel proprio io: sai questo perché lo leggi in tante righe di chi sai che condivide la tua stessa anima, lo senti nelle stesse note, lo vedi negli stessi colori..." Lui sembrava uno di quelli. Mi fermai prima di rivelarglielo.

"Sembra qualcosa di davvero dolce, ma i momenti in cui questa cosa si manifesta sono dei momenti di panico estatico, un rullo di tamburi interno, i rumori di una carica in lontananza, provenienti da un luogo vago e sconosciuto; l'agitazione e l'euforia sono solo eufemismi per cercare di intrappolare questa sensazione nella labile rete delle parole. Un bubbone, gonfio all'interno delle viscere, che cresce e s'ingrandisce e spinge lacrime di coscienza e delirio fuori dalle piccole aperture senza porte sicure, che sono i nostri occhi..." continuavo a vaneggiare, stavolta tra le sue braccia.

Lo volevo, lo desideravo. Era così che quella sensazione sublime aveva deciso di manifestarsi nel mio misero corpo da umana, ma speravo riuscisse a sentire quella cosa in più. Magari mi avesse scopato prima, quando ne avevamo parlato. Sarebbe stato più semplice.

"Una piccola sofferenza, ma qualcosa che cerchi costantemente al di là della normale esistenza" disse all'improvviso. Lo guardai, turbata all'estremo. Me l'aveva letto negli occhi?

Lui annuì, e la cosa mi faceva ammattire.

"Una ricerca che ossessiona anche me" disse, rassegnato ma ansioso di continuare: "ogni tanto sogno uno strano spazio nella mia testa, che si dilata e si restringe, a intervalli. Non è uno spazio geografico, non è possibile collocarlo nello spazio o nel tempo; a dire il vero non rientra in nessuno dei parametri di conoscenza che ho a disposizione: non posso percorrerlo, né tracciarlo, non posso odorarlo, assaggiarlo, guardarlo, toccarlo, sentirlo... e nemmeno posso pensarlo: infatti prende forma nella mia mente involontariamente, e soltanto a volte, nei miei sogni. Insomma, ne ho coscienza, ma non posso afferrarlo."

Il bicchiere di vodka lo avevo lasciato cadere, e mi ero aggrappata a lui sperando davvero in qualcosa. Ma lui voleva continuare.

"Cerco spesso di ricreare quella situazione, ma torna in me solo quando più le piace, e non posso fare altro che accogliere il momento. E godere della consapevolezza che, lì fuori, qualcuno sta scrivendo, componendo, creando il mio stesso ignoto."

Lo zittii mettendogli la lingua in bocca, lingua che ricambiò, nell'abbraccio, con un bacio profumatissimo, nonostante la vodka. Ok, forse anche per la vodka. Non lo so, ero stordita, aspettavo la scopata.

"Devo assolutamente essere sul lungomare, per le nove" disse, mentre mi faceva delicatamente da parte per tornare verso il timone.

Guardai il cielo esterrefatta, e abbastanza piena di vergogna per la mia aspettativa disillusa.

6

Mi svegliai sudata, spossata, a casa mia, non sapevo nemmeno che giorno era. Aprii la porta della camera, che mi rivelò Ludovico seduto al computer, nel buio. Lo salutai, non rispose. Chiamai Gaia ad alta voce, ma non ottenni risposta. La casa era immersa in un silenzio irreale. Costrinsi Ludovico a guardarmi, ma aveva gli occhi vuoti.

"Dov'è Gaia? Che cazzo, Ludovico, dimmelo, parla, ti prego!"

Scosse la testa. Non ne potevo più, volevo schiaffeggiarlo. Gli urlai di dire qualcosa.

Alla fine disse: "Io, io… sono stato io!" e scoppiò a piangere.

Non capivo.

"Con Gaia, sono stato io."

Non riuscivo a capire niente di quello che mi stava dicendo, ma la mia testa, evidentemente più scattante di me, vedeva le parole del referto: *compatibili con un rapporto sessuale violento*, vedeva l'assurdità della violenza perpetrata con in mano una sigaretta, e tutto però si faceva ancora più confuso.

"Ma cosa? Come? Perché?" gridai, allibita.

Tre minuti di silenzio, in cui entrambi guardammo a terra, poi Ludovico riuscì a raccattare la sua dignità e raccontò: "Per l'università, l'ha fatto. Mi ha detto 'aiutami a fare questa cosa in modo che i miei non capiscano che alla laurea mi ci mancano anni, e mi lascino stare! Aiutami tu a farlo, Ludo!' E poi mi ha detto di non farmi scappare niente con te, che non avresti capito. Me l'ha ripetuto più volte, e mi ha anche detto di farle qualche chiamata anonima per distrarti e per farti credere che ci fosse davvero uno stalker. E poi abbiamo scopato, ti prego non dire niente, sai che era da tempo che lo volevo, e in un modo o in un altro sarebbe successo. 'Vai più forte', mi diceva, 'altrimenti non sembra reale! Devi fare come se mi avessi presa per strada e mi ti stessi sbattendo per terra'. Mi ha dato tutte le istruzioni. Quando abbiamo finito, ha acceso una sigaretta e se l'è spenta addosso, e si è fatta dei graffi sulle braccia con le unghie. Poi è uscita e mi ha chiamato quando stava già in ospedale, per farsi accompagnare dai carabinieri. I genitori comunque le hanno creduto, e lei adesso è andata a casa loro, mi ha detto che tornava lì. Ti prego, scusami, io..."

Gli feci cenno di stare zitto. Non mi importava delle sue scuse, mi importava di quel piano diabolico, della follia di Gaia, ma soprattutto dell'effetto che aveva avuto su di me. Non riuscivo a camminare, le gambe non mi reggevano bene. Corsi fuori da quella casa, sperando che fosse tutto un sogno, ma avevo un assoluto bisogno di fermarmi. Mi appoggiai al muro, e feci il numero di Gaia. Non rispondeva nessuno, il telefono era spento. Chiamai a casa dei suoi, sulle montagne.

"Sì, pronto?"

"Buongiorno, Annamaria, sono Alia, mi potete passare un attimo Gaia? È urgente" dissi tutto d'un fiato.

La madre di Gaia, dall'altra parte, tacque per qualche istante.

"Ciao Alia, ma Gaia è a Napoli, non ci sta più qua, è tornata l'altro ieri. Non vi siete ancora viste?"

La sua voce era titubante, leggermente preoccupata, ma suonava sincera. Attaccai. Non avevo voglia di parlare ancora, le credevo ma non era il momento di spiegarle.

Mi spremetti le meningi per cercare di capire dove potesse essersi rifugiata, ma mi accorsi di sentirmi svuotata. Avevo bisogno io, di un rifugio. Guardai verso l'appartamento. Non potevo assolutamente rientrare lì. Mentre pensavo a dove altro poter andare, le mie gambe si erano già incamminate verso una destinazione che conoscevano già.

7

C.P.

Quando sai che ti è impossibile riuscire a completare qualcosa per il tuo inopportuno senso di inadeguatezza, riesci persino a odiarti senza che ciò ti faccia più del male. Se continui a guardare la tela il colore non appare da solo, le forme astratte o rispecchianti la realtà non appaiono da sole sul piano perfettamente candido che hai avanti, perché esse esistono solo in relazione a te, perché tu le crei. Eppure ora sei lì: le tue viscere sentono già ciò che sarà su quella tela e i tuoi occhi fissano il vuoto come se stessi guardando l'oceano dalla vetrata di un attico a pochi metri dal mare, poi la trama della tela stessa ti guarda e ti manda a farti fottere: la stai facendo invecchiare, la stai facendo aspettare. Una tela è inanimata, e per sua stessa definizione va incontro all'entropia senza essere capace di evolversi: non ha un progetto interno, non ha uno scopo preciso, *se tu non glielo dai*. Perché tu sei un Dio e ciò che gli Dèi fanno e hanno sempre fatto è dare la vita: regalare un alito della propria esistenza a ciò che non è degno di possederla e poi trattare le creature a proprio piacimento. Forse non sei un Dio maturo, però: continui a tenere la stessa espressione vaga ed interrogativa verso quella tela, cercandovi le risposte che ti servono e che in realtà non ti servono perché non dovresti neanche porti certe domande. Se tu sei un Dio hai il potere su tutto, il potere di dare e di togliere, il potere di volere. Ti sei sempre ripetuto queste cose quando non riuscivi a trasformare l'idea, la sensazione, l'emozione, il messaggio, in qualcosa di comprensibile anche dagli altri. Eppure ora senti che dentro di te qualcosa sta cambiando: le opere non significano più molto, il colore sembra persino che si faccia più smorto con lo scorrere inesorabile del tempo: il tempo veloce, quello che non ti lascia agio neanche di pensare, o il tempo lento, quello a cui vorresti sparare un mortaretto nel culo per farlo andare via.

Passi talmente tanto tempo lì ad aspettare che quella nuova creatura prenda la forma e la vita *dell'altra*, che le altre vite intorno a te le dimentichi, anche la tua: ogni nuovo tesoro che sta per venire alla luce assorbe tutte le tue energie di creatore, senti la vita fluire fuori, e tutto questo non ti importa. L'intera materia, tutta l'energia, l'intero sistema dell'universo partecipano alla gestazione e al travaglio: i tempi che furono e che saranno partecipano insieme, attivamente assistono, le distanze infinitesimali e i grandi spazi si addobbano a festa per il nuovo arrivato, e senza fretta e senza ritardo l'opera prende la sua forma nell'unico momento più giusto in cui poteva manifestarsi. Ed il suo genere non è femminile solo per la necessità linguistica di nominarla, ma perché per te il suo sesso è *La* variabile discriminatoria per *il bello*. Oggi tutto questo non ti serve, ti disturba, altri rumori molesti infestano la tua testa oggi. Rumori di bisogni essenziali per l'uomo e di azioni ordinarie disturbano la tua armonia e ti ritrovi a capire che sei di nuovo nel mondo dell'Uomo, di quello che credendo di essere superiore al resto di tutto cerca affannosamente di superare gli ostacoli per conquistare e capire ciò che non gli compete. Toglila, la tela. Riponila. Se la tua creatura non è pronta per partecipare alle danze, oggi, non sarai certo tu a fare in modo che venga al mondo storpia, deforme e destinata all'infelicità eterna. Non si forzano i tempi giusti: tutto accade quando accade. Ma tu no. Per te non è così: tu hai orari ed obblighi da rispettare, posti in cui andare, cose da dire. Donne. Anche quando non hai niente da dire, quando non sei nessuno, c'è qualcosa che devi fare. Delle forze persistono nella vita, nel mondo, che vanno contro la perfetta sintonia di tutte le cose non terrene, e tu hai finito per dare la colpa all'Uomo. Da te questo non me l'aspettavo: soluzione a dir poco semplicistica. Ma chi incolpi se non l'Uomo, te, qualcosa che conosci per davvero. Non puoi incolpare il cielo, il mare, il tempo, e neanche un Dio che hai creato a tua immagine e somiglianza, attribuendogli poteri che vorresti avere, solo per sentirti meno colpevole. La verità è che non sai proprio niente e che tutto questo inutile rumore di silenzio ti impedisce di ascoltare, di procreare.

"Disturbo? Christos?"

C'è qualcuno sul ponte. È una donna, e ha le lacrime nella voce. È Alia.

Lasciare questo posto sarà traumatico, stasera, perché non ti sentiresti a tuo agio in nessun posto. Stasera vorresti che questo fosse il posto in cui ti senti "a casa", nella pittura. Potresti fingere, ma lo fai così tanto spesso. Presto o tardi i tuoi nervi crolleranno. Non puoi permettertelo. *Lei non rimarrà utilizzabile per sempre.* Stasera ciò che devi fare è guardarla negli occhi, parlarle, fare finta di capirla, come se non fosse qualcosa di già visto, scoperto e conosciuto per te, come se non fosse il capitolo di un manuale scritto per i deficienti, con parole piane e semplici, mentre tu preferiresti un esperimento intricato, un enigma impossibile da risolvere, anche se non ne esistono.

"Christos?"

La voce si avvicinava sottocoperta.

Maledetta.

8

Non so né perché né come ero arrivata di nuovo alla barca di Christos, il genio che mi aveva riportato a riva quando io volevo scopare al largo del golfo, ubriaca. Eppure c'era qualcosa, nelle parole che mi aveva detto quella volta, che mi avevano fatta ritornare lì come una qualsiasi damigella sprovveduta delle favole, vittima di un incantesimo, di un magnete.

Ero fuori di me, quella sera, e volevo solo un posto in cui stare. Anche senza parlare.

"Che vuoi?" mi accolse così, anche piuttosto irritato, mi sembrò.

Avevo le lacrime agli occhi, che con quell'accoglienza aumentarono, e senza volerlo scoppiai a piangere. Corsi verso il bagno, perché la scena era davvero patetica, e con la coda dell'occhio mi sembrò addirittura di vederlo alzare gli occhi al cielo. Poi però mi prese per un polso, trascinandomi fuori dal bagno.

Non ero sicura che fosse una carezza.

Eppure, mi abbracciò piano, anche se il suo corpo tradiva tensione, fretta. Non m'importava, gli impiastricciai comunque di lacrime e trucco la sua perfetta camicia blu. Se ci fosse stata Gaia, mi avrebbe corretto con la sua voce acida: *ma non lo vedi che è indaco?! Al massimo, pervinca!*

Stavo ancora pensando a Gaia, nonostante quello che aveva fatto, e mi incazzai con me stessa, stringendo Christos ancora di più.

"Va bene, dai, facciamola finita" disse all'improvviso, slacciandosi i pantaloni. Mi staccai all'istante.

"Ma che dici?"

"Scusami, non mi hai chiesto tu se scopavamo o no, l'altra volta?" rispose lui, quasi candido.

La situazione non mi piaceva, e cercai di uscire verso il ponte, ma lui mi sbatté la porta davanti, prima che riuscissi. Cominciai a sentirmi davvero in gabbia. E infatti mi strinse contro la parete, con gli occhi che ora mi sembravano luccicare di una luce diversa.

"Non voglio farti del male, ma ricordati di quel *bubbone*, di quell'urgenza, dentro. Vuoi dirmi che è lecito solo quando ce l'hai tu?"

Lo guardai ansimando. Avevo paura ma avevo anche voglia, aveva ragione, forse più dell'altra volta. Non volevo uno scontro, non volevo rischiare di farmi del male. Volevo fidarmi che non potesse farmene. E infatti non me ne fece, anche perché fui io a cominciare. Gli aprii la camicia, e tanto bastò a fargli riversare quell'urgenza nel recipiente che, deliberatamente, avevo deciso di essere. *Maledetta.*

E maledetto lui, con quel corpo da delfino. Un delfino si fece strada nella mia testa, e cominciai a ridere in modo smodato, anche se forse nervoso. Mi guardò offeso, continuando a entrare e uscire a ritmo, e mi immobilizzò le braccia sullo scomodo tavolino del sottocoperta.

Smisi di ridere. *Si faceva sul serio.*

9

Le foto che trovai nello scaffale accanto al minuscolo bagno della *First 24* a vela mi tolsero tutto il fiato, tutta la possibilità di continuare a respirare normalmente. Nonostante questo, mi coprii la bocca con una mano, come se potesse scapparmi in qualche modo un urlo.

Gaia e altre tre donne mi guardavano, o meglio, guardavano l'obiettivo che le aveva fotografate. O meglio ancora: non stavano guardando, è che i loro occhi erano spalancati verso quell'obiettivo, con la serenità ottusa e imperturbabile della morte che li velava. Tutte erano truccate, e tutte erano nude e con mani e piedi legati. Sembravano non aver sofferto, eppure i brividi che mi invadevano mi stavano rassicurando che quello che stavo guardando era davvero uno spettacolo raccapricciante, non una finzione.

Quando mi girai, lui era lì a guardarmi, e qualcosa mi diceva che non me la sarei cavata con una scopata, stavolta.

10

"Non costringermi a farlo, perché non vorrei, credimi!" mi disse, con la rabbia che gli rompeva la voce e un coltello da cucina in mano.

"Non vorresti?" ripetei, senza convinzione. Riuscivo solo a guardare il coltello. Nella mente, lo sguardo senza vita di Gaia non mi dava tregua. Anche delle altre, ma soprattutto di Gaia, con cui ero stata in collera fino a neanche un'ora prima.

Neanche mi ero accorta che *lui* si stava avvicinando. Era ancora senza maglietta, e il sudore di prima gli imperlava ancora tutta la figura, facendola risplendere alla poca luce della luna che entrava. Abbastanza poca da renderlo, agli occhi, un dio o un mostro. Ero arrivata fino a lì, avevo avuto paura ma ero andata avanti, avevo scoperto cose che non sapevo di stare cercando, il volto senza vita di Gaia mi diceva nella mente che non potevo fermarmi.

Neanche lo vidi avvicinarsi col coltello puntato.

Ma io sono una ninfa del mare, posso scorrere via come acqua tra le tue mani.

Il volto di Anfitrite non è stato pennellato, è rimasto a metà, senza volto, Gaia non ha ancora avuto i suoi tratti trasposti sulla tela, e l'Opera è incompiuta. L'Opera non è contenta, Christos, l'Opera non è contenta! Non sono contenta, lo capisci? Mi ascolti, Christos? Che fine ha fatto l'onnipotenza di Poseidone?

Caro lettore,

Spero che ti sia piaciuto arrivare alla fine di "Anfitrite Vendicata". Se ti fa piacere, mi piacerebbe che provassi a scrivere tu un possibile finale per la storia, è stato fatto apposta per avere un tuo riscontro. Puoi lasciarlo tra i commenti, o su Facebook a Monica Pagliaro, su Instagram a @monicapagliar0 (l'ultimo è uno zero), su Twitter a @monicapagliaro, o ancora alla mia e-mail monipagliaro@gmail.com.

Se non te la senti, per favore, prenditi comunque un momento per lasciare una recensione, anche se breve. La tua opinione è importante!

Grazie e a presto,

Monica

SULL'AUTRICE

Monica Pagliaro è nata nel 1990 e vive a Roma. Nella vita scrive e riscrive, traduce, canticchia, e fa mille cose, a volte nessuna, anche se dicono faccia l'insegnante.

Oltre ad "Anfitrite Vendicata" ha pubblicato "AquaClan – Due mondi lontani" con Land Editore.